단애에 걸다

황금알 시인선 184

단애에 걸다

초판발행일 | 2018년 11월 17일

지은이 | 장영춘
펴낸곳 | 도서출판 황금알
펴낸이 | 金永馥
선정위원 | 김영승 · 마종기 · 유안진 · 이수익
주간 | 김영탁
편집실장 | 조경숙
표지디자인 | 칼라박스
주소 | 03088 서울시 종로구 이화장2길 29-3, 104호(동승동)
전화 | 02)2275-9171
팩스 | 02)2275-9172
이메일 | tibet21@hanmail.net
홈페이지 | http://goldegg21.com
출판등록 | 2003년 03월 26일(제300-2003-230호)

값은 뒤표지에 있습니다.

ISBN 979-11-89205-20-1-03810

*이 책은 한국문화예술위원회, 제주문화예술재단의 지원을 받았습니다.
*이 도서의 국립중앙도서관 출판예정도서목록(CIP)은 서지정보유통지원시스템
  홈페이지(http://seoji.nl.go.kr)와 국가자료종합목록시스템(http://www.nl.
  go.kr/kolisnet)에서 이용하실 수 있습니다. (CIP제어번호 : CIP2018033446)

단애에 걸다

장영춘 시집

황금알

무엇을 찾아 나섰는지

나도 모르겠다

가도 가도

아프도록

멀기만 하다

차 례

1부 아득히 비켜선 자리

2부 별짓 다 해봤자

3부 바람결 증언하듯

4부 내 사랑 굽이굽이

5부 고독한 왕이 되다

■ 발문 | 박명숙

1부

아득히 비켜선 자리

게

썰물의 바닷가엔 난민촌이 생겨난다

콜콜 거품으로 점심밥을 짓다가

처얼썩 파도에 놀란 시리아 소년같이

과물

애월과 금성 사이
밀물과 썰물 사이
백록담 숨어든 물 해안에 와 터지는
그만치 그 거리에는 곽지리 과물이 있다

윗물은 마시는 물,
아랫물은 멱 감는 물
숭숭 뚫린 담벼락 여탕을 훔쳐보던
깔깔깔 조무래기들 멱살 잡힌 낯달아

물허벅에 퐁퐁퐁
원정물질 발동기 소리
울산일까 방어진일까 어머닌 떠났어도
내 고향 마르지 않는 순비기꽃 숨비소리

쏙닥쏙닥

살금살금 담벼락 열한 살 봄이 왔다
어질머리 왕벚꽃 어질머리 몇 송이
아버지 등짝을 따라
시나브로 날린다

서너 평 햇살 아래 나무둥치 깔아놓고
간질이듯 쏙닥쏙닥 자르던 단발머리
그 소리 귀밑머리에
소근소근 남아서

4 · 3의 시간 속에 파편처럼 꽃은 피고
여태껏 아버지는 어느 골짝 헤매시나
해마다 과오름 길엔
생각 없이 꽃은 핀다

아득히 비켜선 자리

손때 묻은 앉은뱅이 아버지 책상 앞에
문고리 다 빠지고 시간의 더께만 남은
아득히 비켜선 자리 무지개를 띄웁니다

낮은 발걸음으로 봄비 밟고 오셔서
잠든 내 어깨에 가만 손을 얹으시며
참았던 잔기침으로 아침을 깨웁니다

뽀얗게 쌓인 먼지 얼굴 한번 그려보다
누구도 못 열어본 그때 그 서랍 속에
반세기 유서만 같은 죽비소리 듣습니다

한반도 언덕*

누가 그랬을까 역사의 뒤안길에
말미오름 올라서면 푸르디푸른 보리밭
어쩌면 한반도 지도 저렇게 쏙 빼닮았네

아무렴, 봄이 오지, 오지 않고 배기리
TV 채널마다 낯설디 낯선 풍경
한반도 두 사나이가 어깨 나란히 하고 가는

남북이 오가는 게 눈 깜짝할 순간인 걸
아무렴, 꽃이 피지, 피지 않고 배기리
남녘 끝 섬 하나 품고 이미 봄이 만져지네

* 한반도 언덕: 제주 올레1코스 말미오름에 가면 한반도모형의 밭이 있다.

새털같이

꿈을 꾼다는 건,
별이 뜬다는 말이지

오늘은 마당에서
비행기 몇 대 셌을까

어머니 골다공증이
새털처럼 가벼운 날

사람을 찾습니다

벚꽃이 터질 때쯤 계절병 또 도진다
참고 산다는 게 스무 해가 지났는데
오늘은 꽃에 홀리듯 무작정 진해로 왔다

사진 속 그 자리,
내가 다시 서 본다
꽃 범벅 가지에도 땅에 진 꽃잎에도
하르르 네가 웃는다, 난분분 웃고 있다

진해에서 하동으로 화개장터 섬진강까지
그래, 온통 너다 내 몸도 이젠 너다
천지간 수소문해도 나는 없고 너만 있다

고래콧구멍 동굴

우도에도 길이 있다 경안동굴 가는 길
한 달에 서너 번쯤 그것도 여덟 물쯤
헐거운 안전모 쓰고
겨우 찾아드는 길

문득 여기에 와 너를 한번 불러본다
바다도 잠시 잠깐 허천을 보는 사이
파도 끝 갯바위 아래 내 팔을 내가 놓쳐

너에게 이르는 길 이리도 캄캄할까
허공에 손 내밀다 뿌리치고 가는 바람
골절상 입은 바다가
고래처럼 울고 있다

장한철 산책로

한겨울 망망대해 폭우와 마주한
출렁이던 시간 닻줄마저 놓아둔 채
장한철* 산책로에서
표류기를 띄운다

닿을 듯 닿지 못해 홀로 더 깊어진 섬
휘청이는 급물살에 아직 저리 흔들리고
순비기 야윈 등마저 덩그러니 누운 날

그 많던 발자국은 다 어디로 갔을까
해풍 맞은 수선 향기 아직 그대로인데
바람에 흔들리던 초가
수평선을 넘고 있다

* 장한철 표류기: 조선 후기 문신으로 1770년 대과에 응시하려고 제주를 떠
났다가 비바람과 해적의 위험을 뚫고 살아 돌아온 25일간의 기록물.

진눈깨비

너 떠난 거리에도
때가 되면 눈이 와서

허공에 오락가락
새소리로 떠돈다

단 한 번 은빛 날갯짓
피지 못한
내 사랑

가물가물 지워진 길
또 하나의 길을 내며

초인종 누를까 말까
서성이다 뒤돌아선

골목길 목련 봉오리
가만 손을
모은다

단애에 걸다

이 겨울 누가 내게 마른 꽃을 건넨 걸까
거꾸로 걸어놓은 한 움큼 산수국이

기어코 애월 바다로
나를 끌고 나왔다

어디로 가는 걸까 한 무리 괭이갈매기
저마다 파도 끝에 사연들을 묻어놓고

해질녘 아득한 하늘
또 하루를 삭힌다

늦은 귀갓길에 눈 몇 송이 남아서
모난 마음 한쪽 자꾸만 깎아내다

아슬히 단애斷崖에 걸린
인연마저 떠민다

묵시록 2017

누구의 고독으로 모래성을 이룬 걸까
별무리도 날린다는 페루의 이까사막
샌드카 빌려 탄 나도
별무리를 날린다

절벽 같은 시간을 끝내 넘지 못하겠다
풀 한 포기 못 내미는 저 사막의 묵시록
뜨거운 그 발자국은 어디로 간 것일까

애써 바람의 길 저 혼자 보내놓고
지평선 마주하고 대작하는 노을아
황사평 개민들레가
여기 와 또 취한다

2부

별짓 다 해봤자

꽃불

사방천지 119가 오늘은 불통이다

한라산 선작지왓 겅중겅중 타는 철쭉

온종일 끄지 못한다, 내 그리움의 방화범

새별오름의 봄

까맣게 사리로 남은
그 겨울의 흔적 같은

새별오름 불꽃축제
검불 다 태운 자리

양지쪽 손을 내미는
아기 손의 고사리

뿌리로 힘을 모아
이 들녘 지켰구나

뜨겁던 오름 위에
물수건을 얹히던

황사 낀 계절의 경계
새순 돋듯 아문다

다시, 가을

별짓을 다 해봤자
시 한 줄 없는 가을
우연한 발길 따라 서영아리 오름에 앉아
물에 뜬 뭉게구름만 다독이고 왔었다

깊이 한번 빠져봐야,
그게 진정 사랑인 거
소금쟁이 딛고 간 길에 서 푼어치 사랑만
한 번도 젖지 못하고 물수제비로 떠돈다

단풍나무 따라가다,
왔던 길도 놓쳤다
아예 분화구에 터 잡은 세모고랭이처럼
물 건너 딸아이에게 안부나 묻는 저녁

이승이오름

이승이악 끝에 와도
이승을 모르겠네

오늘따라 내 발길 예까지 왜 왔는지
산새도 모른다 하네, 새침하게 쳐다보네

화살표 방향 따라
산 노루가 먼저 가고

듬성듬성 화산탄과 한몸이 된 나무들
오래된 불의 기억을 끌어안고 있었네

누구든 가슴속에
화산탄 하나 없을까

그대에게 반쯤 기댄 내 어깨도 기울어
때죽꽃 거꾸로 핀 뜻
그냥 한번 묻고 가네

새들과 병작하다

아뿔싸, 사흘도 안 돼 새들에게 또 당했네

술렁술렁 밭 구석 맴도는 검은 그 눈빛, 그때 알아봤
어야 했어 하필 그 뻐꾸기 소리, 그때 알아봤어야 했어,
잠깐 홀린 그 소리 콩밭에 콩알콩알 까만 똥들 콩알콩알
아침부터 닭벼슬 같이 약이 바짝바짝 올라

네 이놈, 나타나기만 해
붉은 눈만 굴렸네

우도의 밤

섬도 흐린 날은 울고 싶을 때가 있다
도항선도 유람선도 다 떠난 저물녘
달맞이, 달맞이꽃이
내 곁에 와 앉는다

열하루 달빛조차 목청을 트고픈지
츠츠쯔쯔 여치 소리 밤새도록 여치 소리
누구의 지휘도 없이 갯바위에 부서진다

이런 밤 불판 위에
뿔소라 올려놓고
크렁크렁 파도 소리 스크럼 짜는 동안
기어코 투신을 한다, 우도봉의 저 달빛

김녕, 성세기해변

바다만 바라봐도 그 소리가 들린다

김녕, 성세기해변 그 길을 돌아들어

창세기 첫 구절 같은 그 이름들 호명한다

수평선을 거두고 이제는 돌아오라

아직도 지우지 못한 스마트폰 메시지

팽목항 먹먹한 가슴, 멈춰버린 울음 한 채

별도봉

그 옛날 청춘들은 연애편지 한 장에도
생목숨을 내던지던 그런 시절 있었지
오늘은 그 바위 위에 새 한 마리 앉았다

어떤 소문들은 부표처럼 떠올라
너에게 가는 길마저 접근금지 당했다
하늘에 금줄을 긋듯
길 떠나는
하얀 손

폭풍, 갈 수 없는 곳
― 화가 변시지

변시지 화판에는
아직도 폭풍이다

기우뚱 초가 한 채 거기 그냥 버텨있고
비 젖은 조랑말 한 마리 사람처럼 서 있다

타원형 수평선에
육십여 년 갇혀서

나 또한 사흘 배고픈 그 바다만 바라보다
소나무 기우뚱 기운 까마귀 떼 날린다

항파두리

밤마다 별빛들이
다녀가는
샘이 있다

어느 장수 발자국이
섬으로
찍혀있는

장수물 얼비친 성을
떠받든
눈빛이 있다

흙으로 쌓다

돌 많은 제주에서 돌로 성을 쌓지 않고
흙더미 한 삽 한 삽 항파두리 쌓은 뜻은
흙으로 돌아갈 결기
다진 것이 아니겠나

저 길 아지랑이, 파도 끝 아지랑이
수평선 수문 열 듯 몰려들던 창과 방패
유언도 남기지 못한, 바람결 안부 같은

어디 올 테면 와라,
무릎 꿇지 않으리
적인지 아군인지 내 성은 내가 지키리
민들레 망루에 올라 봉홧불을 올린다

3 부

바람결 증언하듯

선흘 겨울딸기

폭설에 갇혔다가 제주섬이 풀려난 날
무엇에 홀렸는지 막무가내 중산간 길
산 노루 발자국 따라
하얗게 찾아간 길

선흘리 곶자왈에 4·3의 목시물굴
동짓달 스무엿새 하현달도 기울어
숨어든 짐승들같이
울음 참는 짐승들같이

까마귀 울음 몇 점 핏빛으로 흘렸는가
어쩌자고 이 겨울날 하필이면 예까지 와
한 끼의 허기와 같은
한탈 몇 알 내민다

* 한탈: 제주에만 나는 겨울 야생 딸기.

오월

1
누구의 손짓으로 한걸음에 달려왔나
연둣빛 물결 따라 내 발길도 떠밀리며
등반로 침묵의 계단 한 하늘이 열리네

그때 그 솥단지는 어디쯤 걸었을까
전설 속 설문대할망 흘려버린 쌀알 같은
한 숟갈 덩굴개별꽃 멧밥으로 피었네

2
비바람 참고 견딘 가속 붉은 봄은 와
왁자지껄 선작지왓 토해내는 산철쭉
오늘은 누구의 가슴 핏빛으로 물들이나

붉은 것은 붉은 것끼리 그냥, 거기 두고
윗세오름 대피소 컵라면을 먹는다
고수레, 면발 채가듯, 봄 하루를 채가는

돼지감자

그냥 살짝
걷어내니 맨몸들이 누웠네

길모퉁이 아무 데나 뿌리내린 뚱딴지

다랑쉬 4·3의 동굴
타다만 뼛조각 같은

수선화의 봄

기다림의 끝에도 그는 피지 않았다
모슬포 돌담 밭에 어떤 역병 돌았는지

오 년째 꽃대만 올 뿐
향기 한 번 없는 겨울

어느 날 학교에서 사라진 큰아버지
여태껏 야간당직 끝나지 않은 건지

저마다 하얀 울음을
물고 있는 봉오리들

수선화야, 수선화야 벙어리 수선화야
바람결에 증언하듯 몸부림을 쳐보지만

눈치도 체면도 없는
새봄만 다시 왔다

절물오름

꽁꽁 언 땅속에도
이야기는 남아있다

벙어리 냉가슴 앓듯 그 오름에 올라서면
복수초 눈 속을 뚫고 꽃망울을 내민다

눈이 녹을수록
숲은 더 드러나고

4·3의 회오리에 떠밀리던 발자국들
조릿대 붉은 흙길로 주춤주춤 다가서는

이쯤이면 꽃들도 솥단지를 걸어놓고
여기저기 발 없는 발, 옷 젖는 줄 모르고

고봉밥 한 그릇씩 뜨는
저 노란 슬픔의 경계

단풍

타다만 불꽃을 보며 흔드는 저기 저 손

잡목 숲 등허리에 감춰진 이야기인 듯

떼 그르, 떼그르르르 바람 앞에 떼그르르

한때는 파랗게 중심에 서 있었다

내 본색은 붉은빛 물들대로 물들어

세상은 뒷문을 열고 배웅하고 있었다

귀향鬼郷

걷다가 그냥 걷다가 다시 보고 말았네
창백한 노루귀 하나, 화면 속 그 아이처럼
영화를 보고 나서도 이렇게 목이 마르다

열다섯 갈래머리 꿈마저 저당 잡힌
무명천 노리개 안고 사립문 돌아설 때
어머니 목쉰 소리만 이명처럼 들리던

여기가 어딘가요, 길도 절도 모른 채
옷고름 다 찢기고 허기로 배를 채운
가슴에 보따리 하나 품고 살아온 시간

먼 길을 돌고 돌아 고향 찾아 예 왔구나
가슴에 품어왔던 군표마저 흩뿌리고
비잉 빙 까치 한 마리 청객으로 앉는 봄

오동나무

서러운 그 땅에서 서럽게 그냥 살 일이지
영덕 곰창골에 그렇게 살 일이지

우연히 내 손길 따라
물 건너온 오동나무

한라산 남녘 유배지 가난한 시인 같이
팔 년째 기다려도 그 속을 알 수 없네

내 가슴 못 그린 악보
가지마다 걸리어

오늘은 그 우듬지 별빛 몇 걸어놓고
비로소 고백하듯 올려놓은 열매 몇 알

어느새 먼 소식 하나
꽃으로 다녀갔네

거미의 집

비바람 뚫고 나온
한라산 1100도로 생태 습지

보랏빛 꿈 하나를 고명으로 얹어서
손톱이 발갛게 짓무른
거미집을 보아라

한때, 반짝이는 것
그림자를 남기지 않듯

안개비도 그대로 걸려드는 여름날
한 생은 낙서이든가
못 다 쓴 유서든가

이제는 노래하고 싶네
— 도안응이아

이쯤이면 이쯤이면
곰삭은 노래가 되리

꽝아이 그 아이도 4·3동이 내 친구도
봄 오는 저 들녘에다 초록 옷 입히고 싶네

눈멀고 귀먼 시간 기타 줄로 고르네
겨우 젖동냥으로 저렇듯 살아났지만
따이한 용서한다는 그 눈빛 어른거려

미안하다 꽝아이,
미안하다 도안응이아

악수 한 번 못 건네고 먼 길 돌아왔지만
길 위에 노래가 되어 떠도는 노래가 되어

* 도안응이아: 베트남 꽝아이 민간인 학살 때, 단 한 사람의 생존자.

4 부

내 사랑 굽이굽이

봉하마을

세상은
가벼운 낙화
동백꽃 같은 것을

부질없다
부질없다
되뇌며 가는 구름

절벽에
석화 한 송이
바보처럼 피었다

자작나무

아득히 지워진 길에
누가 또 야위는가

퇴직한 지 십 년 넘은
남편 흰 발목 같은

깡마른
그 가지 끝에
자작자작 밤이 탄다

물끄러미

햇살 몇 줌 겨우 세 든
뒷골목 주차장에

차와 차간 거리,
앞차와 뒤차 사이

수십 번 핸들을 돌려
너에게서 빠져나온

용케 빠져나온
내 삶의 뒷골목에

그래도 어제 같은
저녁은 다시 온다

어느 집 능소화 멈칫
물끄러미 나를 보는

삽살개 눈망울 같은

저 혼자 텃밭에 앉아
세상 반쯤 건넜을까

들녘에 유기견같이 그 하루를 연명하던
개발지 뽑혀져 나온 반쯤 시든 찔레 더미

며칠째 낯선 담벼락을 흘금흘금 살피다
새들의 화살기도 저 하늘에 닿았는지

마른 잎 손톱 사이로
잎눈 하나 틔우고

"살암시난 살아져라" 팔순 노모 넋두리처럼
이제야 말문을 트고 훤히 드러난 잇몸 사이

삽살개 눈망울 닮은
찔레꽃을 피웠네

백서향

비린내, 젖비린내
어머니 냄새가 난다

돌을 몇 번 넘겨도
마른 젖만
빨아대던

곶자왈 고목에 매달려
그 빈 젖을 받고 있다

소매물도

좌르르 쏴 좌르르 쏴,
밤하늘도 좌르르 쏴

부르지 못할 이름 밤새껏 좌르르 쏴

한 백 년 닿고 닿아서
둥글어진 섬 하나

이모바당

아직도 꿈속에서 자맥질하는 걸까
"옛날엔 그 옛날엔 눈만 뜨믄 바당에 간"
마당귀 파래지도록
부서지던 숨비소리

뱃길 따라 장삿길 가산마저 거덜 나고
떠밀려 등 떠밀려, 고향 등진 어느 해
영도 땅 세월의 한켠 솥단지 걸어놓고

평생 바다에서 무엇을 캐냈을까
물질은 끝났어도 끊지 못한 뇌선봉지
구순의 우리 이모가
난바다를 건넌다

내 사랑 굽이굽이

내장산 굽이굽이 내 사랑 굽이굽이

말 한마디 못하고 모로 누운 가을아

마지막 내 흔적마저 남김없이 태워라

그 여자

어쩌다
게걸음으로
여기까지 온 것일까

순천만 갈대밭에서
갈대도
되지 못하고

끝끝내
네 안에 갇혀
막차 놓친 그 여자

빙어

사각사각 눈 밟으며
청평사 가는 길목

수족관 빙어들이
제 속 다 드러내고

휘리릭 소양강 물살
떼 지어 돌려대듯

한 입 안줏거리도
저것들의 생이리

우연히 그곳에 갔다
나 또한 한눈팔려

먼 하늘 목탁 소리만
그만 돌려보낸다

들국

눈빛만 마주쳐도 핑그르 눈물이 돈다

세상의 톱니바퀴 튕기듯 밀려나와

비탈진 길모퉁이에 밥풀떼기 웃고 있다

5부

고독한 왕이 되다

왕이 되다

누구는 이 산중에 도시를 세웠다 하고
누구는 신들마저 잠시 떠난 자리라 하고
누구는 지구 반 바퀴, 휘돌아왔다 하고

해발 2,400고지 마추픽추 올라서면
제국은 무너졌지만, 성터는 남아있다
글자는 안 남겼어도 그 내력을 알겠다

사다리 걸쳐놓고 하늘의 길 내듯이
그렇게 페루 허공에 뼈만 남은 바람의 집
난 이미 그 귀퉁이에 고독한 왕이 되다

만평 밥상

장마철 밥상 위에
산수국도 피었다

오늘은 헛꽃에 홀려
그대 생각에 홀려

한동안
꽃그늘 아래
만 평 집을 짓는다

바다나무좀*

북 카페 선반 위에 길 하나를 보았네
풍랑에 떠밀리다 저 바다를 건너온
비릿한 바다의 숨결
통나무 탁자로 나앉고

바람 들어 숭숭 뚫린 내 한쪽 가슴처럼
밤낮없이 갉아놓은 바다나무좀 그 길 따라
걸어둔 셋방 문패가 전등불에 흐릿하다

어제 같은 하루가 내게 와 또 저물고
상처도 온기로 남아 한 생의 무늬가 되는
그때 그 시간의 흔적
닦을수록 빛난다

* 바다나무좀: 몸길이 3mm인 갑각류 절지동물.

중심 잡기

넘어지고 부딪히며
사는 게 삶이라고

오르막 내리막이
살얼음판이라고

손바닥 선인장만 한
내 하늘도
저물고

사람과 사람 사이
안전거리가 필요하다는

시골 사는 친구의
카톡카톡 문자 메시지

길 건너 황색 점멸등
깜박깜박
거린다

시월

한때의
푸르름도 다 흘러간 영실 계곡

펄펄 끓던 시간도
한 소절 노래가 되어

내 마음
우려낸 자리 단풍 한 잎 떨군다

숲길에서, 문득
— k에게

바싹바싹 마른 세상 한 귀퉁이 밟고 걷던
이 가을 구르몽 숲을 걷고 있을 그대여

한 생의 절반은 그도
나무이며 꽃이었지

어느 오름 능선 자락 물매화 꽃망울 따라
파르르 셔터 속에 때 묻은 일상을 털고

가뿐한 걸음걸이로
한 끼니를 때웠을

그대는 어릿광대, 숲속의 어릿광대
따뜻한 입김으로 온기 다시 일으키는

허기진 가슴속에도
단풍 물은 들겠지

까투리

재잘재잘 아이들 소리
담벼락 넘는 봄날

학교 앞 귀갓길에 노란 리본 가슴에 달고
책가방 반쯤 걸친 아이들 쪼르르 달려 나온다

오월 이맘때면
그 봄도 그랬었지

무심코 숲길로 들어서다 영문도 모른 채
갑자기 발톱 세우며 달려들던 그 까투리

동작 그만,
덤빌 테면 나에게 덤비라는

두 눈을 부라리며 알들을 지키려 했던
저것도 모성애 하나는 사람보다 더하다

첫발

첫 발자국 떼는 것은
한 우주를 여는 것

넘어지지 않으면
일어서지 못하지

아가야
세상의 중심은
흔들리며 가는 거야

유턴

곧은 길만 가는 것이
내 길은 아니었다
오늘따라 자주 가던 그 길마저 놓치고
황급히 차를 돌려도 이미 때는 늦었다

그런 날 우두커니 혼자 앉은 팽나무
수런수런 가지마다 저녁밥을 짓는지
어머니 쌀 씻는 소리 이명처럼 들린다

어디쯤 놓쳤을까,
황사평가는 길을
어디쯤 놓쳤을까, 되돌릴 수 없는 이 길
백미러 거울 속으로 유턴하는 저녁놀

오늘-3
― 물매화

누군가 싸락눈을 뿌려놓은 산등성이
바람이 등 떠밀 듯 내 등도 밀리는 날
물매화 흩뿌려 놓고 돌아서는 사람아

희망봉

다랑쉬오름보다 낮고
아끈다랑쉬보다는 높은
대서양과 인도양 사이 뱃길도 쉬어가는
펼쳐 든 세계지도에 바람의 길 있었네

고난 끝에 다다른 바다의 오아시스
6박 8일 일정으로 내 발길도 예까지 와
한동안 바람꽃같이 흔들리고 흔들리네

한 겹의 파도 자락 숙명처럼 온 것일까
그 봄날 황사평으로 손 놓고 가버린 아이
내 안의 희망봉 찾아
다시 여기 떠나야겠네

발문

존재의 마음을 만지고 싶은 길 위의 시간들

박 명 숙(시인)

1

시는 언제 말을 건네는가. 고통과 우울과 슬픔을 어디로 길어 나르는가. 시를 알게 되면 어떻게 달라지는가. 알 수 없는 시의 운명 속에서 시는 자꾸 태어나고 자꾸 말을 건다. 장영춘의 시집 『단애에 걸다』는 그림자를 담아내는 자궁과도 같다. 노을 녘이면 그림자가 붉게 젖는다. 문득 떠났다 저물어서야 돌아오는 시. 길을 찾다가 지쳐서 돌아온 하루의 시들이 허전한 자궁 안에 안식을 구하듯 그림자로 담긴다.

한 존재에 닿기를 원하는 시어와 구절들은 어느 순간 잦아드는 시상을 멈추거나, 더 이상 피도 온기도 통하지 않는 표현에 머무르기를 거부하기도 했을 것이다. 세상에 없으나 부재한 적이 없었던 존재에 대한 그리움으로 점철된 시들은 거추장스러운 수사와 기교의 표피를 벗고 있다. 대신 실핏줄을 온몸에 거느린 살갗으로 벌거벗은 외로움의 풍경을 뿜는다. 존재의 마음을 만져볼 수 없는 극단의 외로움이 현실의 경계를 넘나들면서 내면의 결여를 스산하게 드러낸다.

시는 일차적으로 시인 자신을 위한 것이다. 장영춘 시집 또한 '나'와 '너'의 양자적 관계로 맺어지고 연결되는 시편들이 주류를 이룬다. 그런 나와 너 사이로 그리움이 지문처럼 들어앉아 시간의 풍화를 견딘다. 무게와 치수를 잴 수 없는 정서적 산물로서의 그리움이 추상어가 될 수 없는 허기와 갈증을 달고 두레박처럼 내면의 바닥으로 내려앉는다. 시간이 낳은 정서 중 가장 소중하고도 가혹한 감정이 있다면 그리움일 것이다. 대상의 부재에서 오는 상실의 아픔에 맞닥뜨릴 때마다 시인은 다만 어두운 심연 속으로 신산한 노작들을 소환하곤 한다. 시간의 불가역성을 되짚고 감당해야 하는 단장斷腸의 현실을 독백하듯 뇌까리거나 고백하게 되는 것이다.

시는 자체의 언어와 소리를 갖고, 시인은 먼저 제 목소리를 듣는다. 고통을 극복하고 힘을 끌어내거나 회복하는 능력을 무의식 속에서 길어 올리기도 한다. 슬픔에 대한 인식과 성찰 또한 내밀한 창작의 진통과 고뇌로부

터 비롯되기도 한다. 그렇게 상징과 비유와 꿈으로 말하는 시는 작품의 중심부를 뚫고 들어가며 치유의 믿음과 능력을 찾는다.

참척의 아픔을 견디며 단애에 홀로 선 시인이 묻는다. 마음을 잇대어도 때울 수 없는 부서진 시간에 대해 묻는다. 상처도 흠도 흉터도 결국은 백신을 접종하듯 목숨을 목숨이게 하는 뼈아픈 낙관 같은 것이 아닌가, 자신의 시들에게 묻는다.

2

세월이 흐르면서 기억은 부분적으로 변형되거나 해체되기도 한다. 공간과 시간이 바뀌거나 재구성되기도 한다. 그렇게 무화되는 과거를 일으키고 되돌리는 일은 삶의 목에 다시 올가미를 씌우는 안간힘이 되어 상처 난 기억을 자주 덧나게 한다. 그럴 때마다 시인은 길을 떠난다. 세상을 빠져나가는 것이다.

"애월 바다"(『단애에 걸다』)와 "이승이악"(『이승이오름』)을 거쳐, "페루의 이까사막"(『묵시록 2017』)으로, "진해에서 하동으로 화개장터 섬진강"(『사람을 찾습니다』)까지 떠도는 시인에게 그림자처럼 떨어질 줄 모르는 그리움은 지독한 열병과도 같다. 출구도 활로도 없는 그리움이 단애에 걸린 내면을 미로처럼 끌고 간다.

　　이 겨울 누가 내게 마른 꽃을 건넨 걸까
　　거꾸로 걸어놓은 한 움큼 산수국이

　　기어코 애월 바다로
　　나를 끌고 나왔다

　　어디로 가는 걸까 한 무리 괭이갈매기
　　저마다 파도 끝에 사연들을 묻어놓고

　　해질녘 아득한 하늘
　　또 하루를 삭힌다

　　늦은 귀갓길에 눈 몇 송이 남아서
　　모난 마음 한쪽 자꾸만 깎아내다

　　아슬히 단애斷崖에 걸린
　　인연마저 떠민다
　　　　　　　　　　　　　　－「단애에 걸다」 전문

　　어떤 인연이었을까. "거꾸로 걸어놓은 한 움큼 산수
국", 생명을 잃은 그 "마른 꽃"이 기어이 화자를 바다로
끌어내고야 마는 해질녘의 "아득한 하늘"을 날아가는

"애월 바다" "한 무리 괭이갈매기"를 바라보다 돌아오는 "하루". 저항할 수 없는 무력한 하루는 화자에겐 오직 "삭"혀지는 시간일 뿐이며, "모난 마음 한쪽"을 "자꾸만 깎아내"지 않으면 안 되는 냉혹한 시간일 뿐이다. "늦은 귀갓길"에 동행하는 "눈 몇 송이"조차도 시간을 재촉하며 "아슬히 단애斷崖에 걸린/ 인연마저" 떠밀어낸다. 눈 몇 송이의 피할 수 없는 현실이 "기어코" 산목숨의 등을 떠미는 삶의 진부한 역설을 받아들이게 하는 것이다. 마음의 향방을 따라 그리운 시간을 내딛는 것이겠지만, 순간순간 전해지는 삶의 기척과 기미를 어쩌지 못하는, 존재의 슬픔으로 가득한 시다. 불가역적인 시간에 비해 공간의 가역성은 또 얼마나 잔인한가.

이승이악 끝에 와도
이승을 모르겠네

오늘따라 내 발길 예까지 왜 왔는지
산새도 모른다 하네, 새침하게 쳐다보네

화살표 방향 따라
산 노루가 먼저 가고

듬성듬성 화산탄과 한몸이 된 나무들

오래된 불의 기억을 끌어안고 있었네

누구든 가슴속에
화산탄 하나 없을까

그대에게 반쯤 기댄 내 어깨도 기울어
때죽꽃 거꾸로 핀 뜻
그냥 한번 묻고 가네

— 「이승이오름」 전문

    이승이오름, 화자는 지금 "이승이악" 끝에 서 있다. 이 승 끝까지 올랐다 하나 도무지 알 수 없는 "이승"의 삶을 "산새"에게도, "산 노루"에게도 물어볼 수가 없다. 다만 "오래된 불의 기억을 끌어안"은 "화산탄과 한 몸이 된 나무들"을 보면서 화자의 "가슴 속"에 들어와 박힌 "화산탄 하나"를 떠올릴 뿐이다. 화산탄은 한때 용암으로 끓어오르던 불의 생명이었으나 이제는 차가운 잿빛의 광물로 식어버린, 존재의 기억을 떠올리게 하는 객관적 상관물이다. 그렇게 "반쯤"은 이승에 기대고 반쯤은 이승 저편에 "어깨"를 기울인 채, 한편으론 "때죽꽃 거꾸로 핀 뜻"을 물어보기도 한다. 고개를 떨구고 이승을 향하여 핀 꽃떨기의 영혼에 골육의 사랑을 맞대어볼 만한 정황이지만, 화산탄에 투사된 마음은 짐짓 "그냥 한번 묻고" 지

나는 아이러니한 풍경을 연출하며 삶의 허무를 내비치기도 한다. 현실과 세상의 층위를 파고들며 삶의 심층적 의미를 더 이상 추적해볼 수 없는, 시간과 존재의 무위를 이승의 자아는 독소처럼 견디는 중이다.

곧은길만 가는 것이
내 길은 아니었다
오늘따라 자주 가던 그 길마저 놓치고
황급히 차를 돌려도 이미 때는 늦었다

그런 날 우두커니 혼자 앉은 팽나무
수런수런 가지마다 저녁밥을 짓는지
어머니 쌀 씻는 소리 이명처럼 들린다

어디쯤 놓쳤을까,
황사평가는 길을
어디쯤 놓쳤을까, 되돌릴 수 없는 이 길
백미러 거울 속으로 유턴하는 저녁놀
                                          ─「유턴」 전문

누구의 고독으로 모래성을 이룬 걸까
별무리도 날린다는 페루의 이까사막
샌드카 빌려 탄 나도
별무리를 날린다

절벽 같은 시간을 끝내 넘지 못하겠다
풀 한 포기 못 내미는 저 사막의 묵시록
뜨거운 그 발자국은 어디로 간 것일까

애써 바람의 길 저 혼자 보내놓고
지평선 마주하고 대작하는 노을아
황사평 개민들레가
여기 와 또 취한다

-「묵시록 2017」 전문

사람이 다니던 길, 사람을 놓치고 나니 길도 놓친다. 길을 놓치면서 잃었던 길 찾기가 다시 시작된다. "황급히 차를 돌려도 이미 때는 늦"은 그런 날, 마을 앞 팽나무 가지마다 쌀을 씻듯 "수런대는" 새소리는 저녁 짓던 어머니의 기억을 이명처럼 들리게 한다. 그러나 "어디쯤 놓쳤을까,/ 황사평 가는 길을/ 어디쯤 놓쳤을까, 되돌릴 수 없는", 노을도 "유턴"하는 길을 돌아서는 시간은 막막하기만 하다. 영혼을 잠식한 긴 우울과 슬픔 속에서 화자는 자주 길을 잃고 방향을 알지 못한다. 「유턴」에서의 황사평은 제주시 봉개동에 위치한 천주교 교인묘지이다.

「묵시록 2017」에서도 "황사평"이 등장한다. 여전히

"노을"이 동행한다. 멀고 먼 "페루의 이까사막"까지 와서 "별무리를 날리"는 "샌드카"를 타고 달려도 보지만, 화자는 끝내 "절벽 같은 시간"을 넘지 못하고 "풀 한 포기 못 내미는" "사막의 묵시록"만을 읽게 된다. 영원과 순간의 속성을 동시에 지닌 사막이란 텍스트의 한가운데 서게 된 것이다. 그런 화자가 "바람의 길"에서, "뜨거운 그 발자국"의 자취가 사라진 곳에서, "지평선 마주하고 대작하는 노을"을 만나게 되고, 잊었던 "황사평 개민들레가/ 여기 와 또 취하"는 환영을 본다. 죽음은 살아 있고 삶은 죽어 있는 황무한 모래땅에서 또한 마음의 자가당착에 빠지는 것이다.

벚꽃이 터질 때쯤 계절병 또 도진다
참고 산다는 게 스무 해가 지났는데
오늘은 꽃에 홀리듯 무작정 진해로 왔다

사진 속 그 자리,
내가 다시 서 본다
꽃 범벅 가지에도 땅에 진 꽃잎에도
하르르 네가 웃는다, 난분분 웃고 있다

진해에서 하동으로 화개장터 섬진강까지
그래, 온통 너다 내 몸도 이젠 너다

천지간 수소문해도 나는 없고 너만 있다
—「사람을 찾습니다」 전문

"벚꽃이 터질 때쯤 계절병" 도지듯, "진해에서 하동으로 화개장터 섬진강까지" 이르는 여정에서도 "너"의 자취는 어김없이 드러난다. "사진 속 그 자리"에서, "하르르" 지는 꽃잎에서, "난분분" 피는 꽃잎에서 너는 웃고 있다. "그래 온통 너다 내 몸도 이젠 너다// 천지간 수소문해도 나는 없고 너만 있다". 수소문을 하는데 왜 너만 있고, 나는 없는가. 나만 있고 너는 없는 삶의 부조리를 부정하고 전복시키고 싶은 마음이 너 없는 세상을 나도 없는 세상으로 만들고 만다. 너만으로 가득 찼으나 너는 없는, 상황과 진술 사이의 모순이 가당치 않다. 대상에 대한 집착이 정점에 달하면서 체념과 비움을 위한 묵상의 자리도 유보된다. 논리적 인식으론 도달할 수 없는 모순과 부조리로 일관된 시편 전체가 오히려 삶을 향한 뜨거운 역설적 접근을 가능케 하는 것은 아닐까.

3

손때 묻은 앉은뱅이 아버지 책상 앞에
문고리 다 빠지고 시간의 더께만 남은

아득히 비켜선 자리 무지개를 띄웁니다

낮은 발걸음으로 봄비 밟고 오셔서
잠든 내 어깨에 가만 손을 얹으시며
참았던 잔기침으로 아침을 깨웁니다

뽀얗게 쌓인 먼지 얼굴 한번 그려보다
누구도 못 열어본 그때 그 서랍 속에
반세기 유서만 같은 죽비소리 듣습니다
— 「아득히 비켜선 자리」 전문

살금살금 담벼락 열한 살 봄이 왔다
어질머리 왕벚꽃 어질머리 몇 송이
아버지 등짝을 따라
시나브로 날린다

서너 평 햇살 아래 나무둥치 깔아놓고
간질이듯 쏙닥쏙닥 자르던 단발머리
그 소리 귀밑머리에
소근소근 남아서

4·3의 시간 속에 파편처럼 꽃은 피고
여태껏 아버지는 어느 골짝 헤매시나
해마다 과오름 길엔

생각 없이 꽃은 핀다

—「쏙닥쏙닥」 전문

「아득히 비켜선 자리」에는 "반세기 유서만 같은 죽비 소리"를 간직한 아버지의 "손때 묻은 앉은뱅이" 책상이 등장한다. "누구도" 열어보지 못한 "그때 그" "문고리"도 빠져버린 서랍이 "시간의 더께"를 털며 꿈처럼 "무지개를 띄"운다. 그리고는 "잠든 내 어깨에 가만 손을 얹으시며" "참았던 잔기침으로" 봄비 오는 아침을 깨운다. "뽀얗게 쌓인 먼지" 속으로 "얼굴 한번 그려보"는 아버지의 초상은 죽비의 시대를 몸으로 증거하며 살았던 생생한 기록의 얼굴이다. 아득히 "자리"를 비켜선 아버지에 대한 유년의 추억은 깨달음을 넘어 위로와 치유를 향하는 자생적인 힘을 가지며, 소재로서의 앉은뱅이책상은 미망에 빠진 자식의 삶을 깨우는 아버지의 정신으로 기능한다.

반면 「쏙닥쏙닥」에서 떠오르는 아버지의 기억은 정겹고 서럽다. 다양한 감각적 표현과 이미지를 통한 정서가 섬세하고 명료하게 전달된다. "왕벚꽃" "몇 송이"가 "어질머리"처럼 날리던 "열한 살 봄" "담벼락" 아래로, "서너 평 햇살 아래 나무둥치 깔아놓고/ 간질이듯" "단발머리"를 잘라주던 아버지의 가위 소리가 아직도 "귀밑머리"에 남아 있는 추억은 다감하고 정겹기만 하다. 그러나 시상의 전환을 맞는 셋째 수에선, "여태껏" 안식에 들지 못하고 "4 · 3의 시간 속에 파편" 같은 기억의 "골짝"을 헤매는 아버지의 아픔이 서럽고 한스러운 서사적 고통을 수반하게 된다. "살금살금" 다가오고 "쏙닥쏙닥" 간질이며 "소곤소곤" 남아 있는 봄과 세상사에 무심한 꽃만 "생각" 없이 피어나는 "과오름길"의 이미지의 대치는, 음성상징어들로 인한 가락의 묘미와 함께 상반된 의미의 간극이 선명한 대조적 효과를 낳는다.

> 기다림의 끝에도 그는 피지 않았다
> 모슬포 돌담 밭에 어떤 역병 돌았는지
>
> 오 년째 꽃대만 올 뿐
> 향기 한 번 없는 겨울
>
> 어느 날 학교에서 사라진 큰아버지
> 여태껏 야간당직 끝나지 않은 건지
>
> 저마다 하얀 울음을
> 물고 있는 봉오리들
>
> 수선화야, 수선화야 벙어리 수선화야
> 바람결에 증언하듯 몸부림을 쳐보지만

눈치도 체면도 없는

새봄만 다시 왔다

– 「수선화의 봄」 전문

　아버지와 큰아버지가 연대하는 서사적 고리는 기억과 추억을 병치하면서 강렬한 기운을 발휘한다. 집안의 기둥인 큰아버지로 표상되는 이 시의 "수선화"는 "기다림의 끝에도" 피질 않는 "벙어리"로 은유된다. "학교에서" "야간당직"을 하다 끌려간 지 "여태껏" 소식을 모르는 "큰아버지", "역병"이라도 돈 듯 "모슬포 돌담 밭"에 "오년 째 꽃대만 올 뿐" "하얀 울음"만 "물고 있는 봉오리들"이 "바람결에 증언하듯 몸부림을 쳐보지만", "눈치도 체면도 없는/ 새봄만 다시" 오고 "향기 한 번" 풍기지 않는 큰아버지의 "겨울"은 또 지나가고만 있는 것이다. 목소리 한 번 내지 못하고 침묵을 강요당하는 "수선화"는 4·3의 아픈 역사와 심리적 정서를 대변하는 큰아버지의 비극적 생애를 환기하면서, 시대를 거슬러 오르는 상실과 절망의 내력과 비애를 돌아보게 한다.

4

　삶과 죽음은 오고 가는 길이 같다. 살아남은 여성들은

어머니와 딸이 되어서, 어린 생명에게로 대를 물리며 촘촘한 현실을 이어간다. 불확실하고 불완전한 삶도 유산의 몫으로 가차 없이 상속된다. 끝없는 고민과 고난에 휘말리는 역경에서 살아남아 자신의 자리를 찾고 자기 자신이 되어야 하지만, 그렇게 되질 않는다. 어머니에게 세상의 모든 것은 운명처럼 다가왔을 터이고 선택은 꿈이었을 것이다. 힘든 노동의 고통이 단단한 침묵과 함께 굽이쳐왔을 것이다.

애월과 금성 사이
밀물과 썰물 사이
백록담 숨어든 물 해안에 와 터지는
그만치 그 거리에는 곽지리 과물이 있다

윗물은 마시는 물,
아랫물은 몍 감는 물
숭숭 뚫린 담벼락 여탕을 훔쳐보던
깔깔깔 조무래기들 멱살 잡힌 낮달아

물허벅에 퐁퐁퐁
원정물질 발동기 소리
울산일까 방어진일까 어머닌 떠났어도
내 고향 마르지 않는 순비기꽃 숨비소리
                                    ―「과물」 전문

원정물질 떠난 유년의 어머니를 기다리던 시간은 애틋하고 길기만 하다. "애월과 금성 사이", "밀물과 썰물 사이", "백록담에 숨어든 물이 해안에 와 터지는/ 그만치 그 거리"만큼 길었을 것이다. "곽지리 과물"에서 "멱"을 감으며 "담벼락" 구멍으로 "여탕을 훔쳐보던" "조무래기들"의 장난을 "멱살" 잡던 "낮달"에도 잠시 먼 그리움이 실린다. "울산"이나 "방어진"으로 "원정 물질"을 떠난 어머니를 기다리던 어린 날의 기억들이, "순비기꽃 숨비소리"로 남은 고향에 대한 마르지 않은 사랑을 노래하게 한다.

　어머니가 되지 않으면 어머니를 알 수 없는 삶의 유전. 저승에서 벌어 이승에서 쓴다는 제주 해녀로서의 운명과 생애는 저승의 물밑과 이승의 물 위를 오르내리는 숨비소리로 후대에 유전되는 삶의 고리를 엮어나간다.

　　별짓을 다 해봤자
　　시 한 줄 없는 가을
　　우연한 발길 따라 서영아리 오름에 앉아
　　물에 뜬 뭉게구름만 다독이고 왔었다

　　깊이 한번 빠져봐야,
　　그게 진정 사랑인 거
　　소금쟁이 딛고 간 길에 서 푼어치 사랑만

한 번도 젖지 못하고 물수제비로 떠돈다

단풍나무 따라가다,
왔던 길도 놓쳤다
아예 분화구에 터 잡은 세모고랭이처럼
물 건너 딸아이에게 안부나 묻는 저녁

– 「다시, 가을」 전문

　사랑의 깊이를 떠올리는 가을날의 단상이다. 화자는
"서영아리 오름에 앉아/ 물에 뜬 뭉게구름만 다독이"다
가, "소금쟁이 딛고 간 길"에 "서푼어치 사랑만/ 한 번도
젖지 못하고 물수제비"로 떠도는 사랑의 부박함에 대해
생각하는 중이다. 또한, 깊고 붉은 "단풍나무 따라가
다,/ 왔던 길도 놓"치고는 별수 없이 "분화구에 터 잡은
세모고랭이처럼/ 물 건너 딸아이에게 안부나 묻는 저녁"
을 맞는 정경을 그려나간다. "깊이 한번 빠져봐야,/ 그게
진정 사랑"인 걸 알지만, 어떤 사랑도 골육의 사랑보다
깊어질 리 없다는 생각에 이른다. 뭉게구름이나 소금쟁
이의 사랑이 서푼어치 사랑이라면, 분화구에 터 잡은 세
모고랭이의 사랑은 정확히 그 대척점에 서는 사랑일 것
이다. "물 건너 딸아이"를 내세우며 혈육에 대한 화자의
사랑도 "다시, 가을"을 채비하는 것이다.

5

다랑쉬오름보다 낮고
아끈다랑쉬보다는 높은
대서양과 인도양 사이 뱃길도 쉬어가는
펼쳐 든 세계지도에 바람의 길 있었네

고난 끝에 다다른 바다의 오아시스
6박 8일 일정으로 내 발길도 예까지 와
한동안 바람꽃같이 흔들리고 흔들리네

한 겹의 파도 자락 숙명처럼 온 것일까
그 봄날 황사평으로 손 놓고 가버린 아이
내 안의 희망봉 찾아
다시 여기 떠나야겠네

— 「희망봉」 전문

시인은 비로소 '희망'이란 단어를 쓴다. 그 희망은 낯
선 곳으로 나아가는 희망이 아니라 떠난 곳으로 돌아오
는 희망이다. 낯선 곳에서의 오랜 방황은 돌아오기 위한
자신과의 긴 싸움과도 같았을 것이다. 절망의 끝까지 따
라간 곳에서 희망을 얻어 돌아온다는 것만큼 간절한 수
확이 있을까. "바람의 길"은 빛의 길이 되고, "바람꽃같
이" 흔들리던 화자는 깨닫게 된다. 파도를 따라 "숙명처

럼 온" 길이 아이가 떠나간 "황사평"으로 돌아가는 숙명
적인 발길을 재촉한다. "내 안의 희망봉"은 "손 놓고 가
버린 아이"가 기다리는 황사평이다. "바다의 오아시스"
가 내 안의 "오아시스"인 그곳 황사평의 아이에게로, '희
망'에게로 날 데려가는 것이다. 오랜 세월 시인의 시는
슬픔을 일용할 양식으로 삼았으나 이제 더 이상 슬픔은
끼니가 아닐 것이다.

> 첫 발자국 떼는 것은
> 한 우주를 여는 것
>
> 넘어지지 않으면
> 일어서지 못하지
>
> 아가야
> 세상의 중심은
> 흔들리며 가는 거야
>
>   -「첫발」 전문

"세상의 중심"으로 가는 길은 흔들리는 길이다. 그것
이 삶의 길이다. "넘어지지 않으면/ 일어서지 못하"고
일어서지 못하면 걸을 수 없다. "첫 발자국"을 떼는 일은
세상의 벼랑으로 한 걸음 내딛는 일이며, "한 우주를 여

는" 일이다. 세상의 모든 "아가"는 어른을 가르친다. 아가가 첫걸음으로 여는 세상을 어른은 열 수 없다. 젖 먹은 힘을 다해 첫 생명이 온몸으로 세상의 중심을 향해 걷고자 할 때 세상은 넘어질 수도 기울어질 수도 없다. 언제나 시작일 뿐 마지막을 모르는 그 작은 발자국을 세상의 모든 희망들이 뒤따른다.

6

그리움과 외로움에 기대어 쓴 시들, 그 시편들이 세상의 흐르는 시간들에 대한 허무와 적막을 품고 달랜다. 소멸과 부재를 표상하는 상징과 이미지들은 시인의 사유와 감성을 오래도록 단련시켜 왔다. 살아 있는 날까지 삶은 끝나지 않고, 무한한 날들이 온다 해도 지난날을 다시 쓸 수는 없다. 그림자와 실체, 부재와 실재는 이항 대립하는 관계가 아니며, 행복과 불행도 길이 따로 나뉘지 않는다. 바람의 길을 따라, 오름을 지나고 사막과 바다를 건너 황사평으로 돌아온 내면의 노정은, 빛과 그림자에 대한 고뇌와 성찰을 자문하는 구원의 노정이었으리라.

「단애에 걸다」에서 「첫발」까지, 단애에 걸려 길을 잃게 된 시는 길 없는 지난한 시간을 고통스럽게 통과한 끝에

마침내 단애를 건너는 첫발을 내디디면서, 놓치려던 자아를 구하고 방기된 삶을 회복하는 주제를 도출하고 성취한다. '너'를 놓치면서 '나'를 버리고 '너'를 붙잡으면서 '나'를 되찾는 길 찾기는 상한 영혼의 치유를 위한 마음 찾기가 아닐 것인가.

어떤 시들은 문을 닫고 읽어야 한다. 읽고 나면 들어선 적이 없는 걸음으로 문을 나서야 한다. 『단애에 걸다』, 시인 장영춘의 시집 읽기가 그랬다.